나는 지금 이곳이 아니다

나는 지금 이곳이 아니다

문인수 시집

창비

차 례

제1부

굵직굵직한 골목들

　마을은 바다가 내려다보이는 산비탈에 다닥다닥 붙어 있다. 작고 초라한 집들이 거친 파도 소리에도 와르르 쏟아지지 않는다. 복잡하게 얽혀 꼬부라지는 골목들의 질긴 팔심 덕분인 것 같다. 폭 일 미터도 안되게 동네 속으로 파고드는 막장 같은 모퉁이도 많은데, 하긴 저렇듯 뭐든 결국 앞이 트일 때까지 시퍼렇게 감고 올라가는 것이 넝쿨 아니냐. 그러니까, 굵직굵직한 동아줄의 기나긴 골목들이 가파른 비탈을 비탈에다 꽉꽉 붙들어매고 있는 것이다. 잘 붙들어맸는지 또 자주 흔들어보곤 하는 것이다. 오늘도 여기 헌 시멘트 담벼락에 양쪽 어깻죽지를 벅벅 긁히는 고된 작업, 해풍의 저 근육질은 오랜 가난이 절이고 삭힌 마음인데, 가난도 일말 제맛을 끌어안고 놓지 않는 것이다.

　한 노파가 지금 당신 집 쪽문 앞에다, 골목 바닥에다 몇포기 김장 배추를 포개놓고 다듬는 중이다. 한쪽에다 거친 겉잎을 몰아두었는데, 행여 그 시래기라도 밟을까봐, 한 주민의 뒤태가 조심스레 허릴 굽히며, 꾸벅꾸벅 알은체하며 지나간다. 또 바람 불고, 골목들은 여전히 튼튼하다.

감나무

올해도 고향집 감을 땄다.
복잡하게 우거진 가지들 중에 매년
내가 골라 딛는 순서가 있다.
지금은 진토가 되었을 아버지의 등뼈,
허리 휜 그 몸 냄새를 군데군데 묻혀둔 바이지만
타관 길엔 도통 어두운 이 말씀.
감나무를 오르내리는 내 구부정한 그림자도 어느덧
늙은 거미같이 더디다.
감나무를 내려와 땅을 디디니, 작년보다도 더 큰 안심이
덥석 날 받아 안는다.
이제 어쩔 수 없다는 말이
감나무를 한참 올려다본다. 속절없이 고목인
한 시절의 유적이 쓸쓸히
서쪽에 선다.
빈 감나무의 검은 골조가
저녁노을 깊이 음각으로 찍히면서
내 등덜미를 붉게 떠민다.

물빛, 크다

물은, 저를 물들이지 않는다.
팔이 긴 물풀들의 춤을 한 동작도 놓치지 않고 그대로 보여주고
무수한 돌들의 앙다문 말을 한마디도 안 빼고 노래로 다 불러낼 뿐
물 아래 맑은 바닥, 어떤 의심도 사지 않는다.

물은 한결같다는 뜻, 그 힘이 참 세지만 저를 몰고 가는 게 아니다.
하늘과 땅이 기울이는 대로 흘러, 적시며 먹이며 쌓이며 거기
아름다운 풍경으로 홀연 나타나 가로되

아, 물의 동인(同人)이다, 봐라. 강이며 호수며 바다 바라보는 거대한 순간, 지난날들과 앞날들의 총화가 푸르다!
그대, 어찌 살고 싶지 않겠느냐.

저 깊이를 두고 '물빛'이라 한다. 그러나

물은, 저를 물들이지 않았다.

저 빨간 곳

친정 곳 통영 함박도에 에구구, 홀로 산다.

나는 이제 그만 떠나야 하고

엄마는 오늘도 무릎 짚고 무릎 짚어 허리 버티는 독보다.

그렇게 끝끝내 삽짝까지 걸어나온, 오랜 삽짝이다.

거기 말뚝 박히려는 듯 한번 곧게 몸 일으켰다, 다시 곧

바짝 꼬부라져

어서 가라고 가라고

배 뜰 시간 다 됐다고 손 흔들고 손 흔든다.

조그만 만(灣)이 여러굽이, 새삼 여러굽이 깊이 내게 파

고들어 또 돌아본즉

곶(串)에, 저 옛집 앞에 걸린 바다가 지금 엄청 더 많이 부

푼다. 뜰엔

해당화가 참 예뻤다. 어서 가라고 가라고

내 눈에서 번지는 저녁노을,

빨간 슬레이트 지붕이 섬을 다 물들인다.

눈 내린 날의 첫 줄

비쩍 마른 검둥개 한마리가 잰걸음으로 지나간다.

네 발바닥,

뜨고 닿는 동작이 순서대로 다닥다닥 바쁘다. 꽃 자국 나
는 바닥과 병뚜껑 따는 것 같은 허공이 지금

일직선으로 길게 달라붙는 중이다. 브라더 미싱,

어머니 재봉틀 소리 멀어져가는 것 같다. 저 개, 방향을
꺾어 이번엔 또 가로로 자를 댄 듯

내 눈썹 위를 오래 긋는다. 지평선에도 박음질 자국이 만
져질까, 나는 무심코

저 개를 한참 밀고 있구나.

이쪽저쪽 끌어다 붙여 마음이 모처럼 광활한 아침이다.
무수히 꿰맨 흉터,

여기서는 안 보이는 곳으로 환하게 빠져나갈 것이다.

저 뭔 말 연하(年賀)일까,

개 한마리가 첫 줄 타자처럼 새까맣게 지나간다.

죽도시장 비린내

이곳은 참 복잡하다.

시장 입구에서부터 물씬, 낯설다.

포항 죽도공동어시장 고기들은 살았거나 죽었거나 아직 싱싱하다. 붉은 고무 다라이에 들어 우왕좌왕 설치는 놈들은 활어라 부르고, 좌판 위에 차곡차곡 진열된 놈들은 생선이라 부르고……

죽도시장엔 사람 반, 고기 반으로 붐빈다. '어류'와 '인류'가 한데 몰려 쉴 새 없이 소란소란 바쁜데, 후각을 자극하는 이 파장이 참 좋다.

사람들도 그 누구나 죽은 이들을 닮았으리.

아무튼 나는 죽도시장에만 오면 마음이 놓인다. 이것저것 속상할 틈도 없이 나도 금세 왁자지껄 섞인다.

여긴 비린내 아닌 시간이 없어,

그것이 참 깨끗하다.

중력

어둠을 쪼아 먹고 살찌는 별들, 그렇게 깨어난 새떼의 자자한 아침이다. 어떤 나무를 탱크 모양으로 코끼리 모양으로 시퍼렇게 뒤덮은 칡넝쿨 또한 세월이 올라탄 이름이다. 이제 막 엄청 큰 대가리로 움튼 콩 싹에도, 눈도 못 뜬 강아지한테도 낑낑, 낑낑대며 견디는 무게, 새까맣게 삐져나온 그림자가 있다. 세월이 올라탄 것이다. 그림자가 안 삐져나오는 사랑과 증오도, 기쁨과 슬픔도 물론, 저 오랜 빈집이 겪는 세월 아래 있다. 떨어져 누운 새, 꽃잎에도 끝끝내 세월이 올라타고 있어서, 그리하여 모든 이름은 사라진다. 그러나 사라진 이름의 구근을 어디다 어찌 심어뒀던 것인지 당신의 눈앞엔, 뇌리엔 또다시 사라질 모든 이름으로 빽빽하다.

내리누르는 힘은 바쁘다. 내리누르는 힘, 식성은 연속, 아직 사라지지 않은 모든 이름 위에 있다. 말 탄 세월은 그러나, 그러니까 사실 털끝 하나 건드리지 않고 저 모든 이름을 내리누르는 중이다. 중력, 그것은 그 무엇보다 무거워 무게가 없는 것. 그래, 당신의 눈시울이며 볼이며 목덜미며 뱃가죽이, 말투며 기억력이 그래서 하는 수 없이 더 처지는 것이다. 지금은 비애가, 그 쭈글쭈글한 성욕이 너풀거린 활엽의 황홀을 뒤덮고 있다. 먹어라, 저 세월. 어떤 나무를 시퍼렇게 뒤덮은 칡넝쿨 속으로, 그걸 또 붉게 뒤덮는 저녁노을 속으로 누가 또 한바탕 새떼를 쏟아붓는다. 그럴 때, 제때 어둠이 오고, 그 어둠 위에 별들의 뾰족뾰족한 부리가 또 총총총총 올라타는 것이다. 오, 여명이 녹여 먹는, 여위는 별들……

별똥별

얼마 전 TV에서 봤는데요, 평생 불면증을 안고 산 한 사내의 꼬리가 참 길었습니다. 그는 저녁에 가고 싶은 데가 있을 때까지 천천히 차를 몰고요, 이윽고 집에 가고 싶을 때까지 천천히 차를 몹니다. 새벽에 아파트 주차장에 차를 몰아넣을 때, 꾸벅꾸벅 졸고 있는 경비원을 보며 빙긋이, 막 운동하러 나서는 이웃 노부부와 마주치며 반갑게

웃습니다. 그러던 어느날, 그가 그만 교통사고로 죽어요.

와— 보세요, 저 별! 똥 누러 가는 속도로, 아닌 게 아니라 정말 똥끝이 타는 속도로 별 하나가 이제 그리 급하게 자러 간 겁니다. 그러나 곧, 그러니까 수억광년 후쯤엔 또 반드시 제자리, 제정신으로 돌아와 반짝, 반짝이겠지요.

좀더 행복해질 때까지, 그는 다시 그렇게 자꾸 웃겠지요.

공책

한 소년이 붉은 벽돌 담장에 기대어 땅바닥에 앉아 있다.

해바라기 중엔 베낄 것이, 그려넣을 것이 마음에 더 잘 보인다.

가느다란 나무 지팡이가 여윈 몸에 하얗게 구불텅 길게 걸쳐져, 어린 소경이 지금 세세히 매만지며 머금는 길이다.

외나무다리 내 하나 건너, 고개 둘 넘는 길목마다 아득한 꽃향기에 피어나는 이마가 희다.

근심을 말려 공책으로 쓰는 거다.

자갈 물소리, 잎새 새소리, 속눈썹 움직여 또 적고 있다.

폭우 바깥으로 간다

친구를 묻었다. 바람 불고 억수 퍼부었다.
한길 구덩이 속에 한 인생이 다 잠겼다.

우리 모두 젖었다. 친구는 이제 젖지 않을 것이다. 나이
갓 마흔의 친구, 울부짖는 친구 아내의 목구멍 속으로 번개
우레 우르르 번쩍, 뻗쳐 들어가는 것 보았다. 친구에겐 이제
그 어떤 분노도 일지 않을 것이다. 우리는 그녀 만류해 산
내려왔다. 세찬 비바람 자꾸 앞을 가렸다. 친구는 이제 절
망, 절망, 절지 않을 것이다. 다시는 그렇게, 앞 가로막히지
않을 것이다. 그녀는 또 뒤돌아보며 몸부림쳤다. 우리 또한
멀거니 뒤돌아보았다. 친구는 뒤따라오지 않았다. 지난날
들의 산행처럼 이제, 뒤처져 그렇게나마 따라오지 않을 것이
다.

저 산 뿌옇게 뒤덮는 폭우, 폭우, 폭우……
우리는 익히 그녀의 슬픔을 안다.

하관과 함께 그녀는

구덩이 속으로 미친 듯 뛰어들려 했다.

한길 구덩이 속에 한 인생이 잠기랴,

이 폭우 다 묻히는 곳, 친구는 마침내 폭우 바깥으로 가고……

우리 또한 이 폭우 바깥으로 간다.

땅내

모판에서 모를 쪄 널리 모내기를 하거나
고추 모종을 옮기거나
초봄에 어린 묘목을 내다 심은 뒤
웬만큼 시일이 지나면 어느날, 이파리 이파리의 빛깔이
문득 다르다.

태어나고 약 십오분 만에 냅다 초원을 달리는 누 새끼의
발동처럼,
변성기를 지난 아이가 언제 훌쩍 철들어 번듯하게 나타
난 태도처럼,
이제 마음이 내어준 몸에서 몸이 막 피어나기 시작한 날
의 열화와 같은 사랑처럼,
조국의 공항 바닥에 입 맞추는 노구의 저 순간처럼,
아, 3주기 지난 한식날 봉분의 초록처럼,
아연 시퍼렇게 활착하는 기미가 농작물들한테 활짝 나타
나는 것이니

농부의 말씀은 살아 숨 쉬는 시, 흙이 낸 풀이다.

"하마, 땅내 맡았구나."

벼 포기들 생생한 당신의 농사를 살피면서
아버지가 말했다. 나는 그때 속으로 투덜거리며
논두렁콩 심는 일 따위 거들고 있었다.

기러기 한줄

길바닥에 깔린 눈 녹을 때

신기하다!

애초 디디고 간 데가, 그 첫 발자국 여럿이 길게 먼저 녹
는다.

그래 기러기 한줄,

그리고 이제 그 눈 다 녹고 없다.

뭔, 감(感) 좇아 간 것 같다.

고구마를 보면 낙타 새끼가 떠올라

바람은 등 구부려 바람을 낳는다.

무너지고 무너져도 무너지지 않는 앞이 나타나

모래 구릉이 구릉을 벗지 못하는 것처럼

낙타 새끼는 제 어미를 빼닮았다.

태어나자마자 헌 구두처럼 너덜거리는 아가리다.

먼 물 냄새 들리는 듯,

그걸 또 우물거리며 내다보는 것이다. 저 긴 모가지를 오래 걷고 걸어

단봉 꼭대기 오래 걸려 넘기까지,

터벅거리는 발자국, 꾹 다문 엉덩이에서부터

뒷다리 쪽으로 뭉개는 신음 또한 벌써 붉어 구부정하다.

배밀이, 배밀이하는 배 같다.*

폭염의 박토를 빨며 사막을 건너가는 구근(球根),

낙타 새끼를 보면 고구마가 떠올라.

* 졸시 「집 근처 학교 운동장」의 한 구절.

창밖

흰 비닐봉지 하나가 하염없이 바람을 탄다.
자잘하고 또렷또렷한 벚나무 낙엽들을 거느리고 그걸 또
한꺼번에 들이켜며 토하며
붉은 벽돌 담장을 배경으로 벌써 추위를 탄다.

허공에 멱살 잡히거나 땅바닥에 혀를 갖다 대거나 하면서
비닐봉지는 계속 심각하게 표정을 바꾼다.

비닐봉지는 지금 갇혔다. 귀먹고 말문 막혀 갇혔다. 갇혀
서 불러일으키는 자유자재……
무슨 소리를 받아 휘갈겨대는지
벽돌 담장은 녹슨 가로줄 공책이다. 늑골 촘촘한 옆구리
에 환호처럼 절망처럼 달라붙는 벚나무 낙엽들,
음표들은 또 새떼처럼 무수히 무너진다.

벙어리, 귀머거리,
저 침묵 한봉다리만 헐어놔도 세상의 말이 온통 신록을
펴낼 것이다.

절대음감의 흰 대가리, 비닐봉지가 문지르니
벽돌 담장도 물렁물렁한 파도, 파도 같다.

이웃
인도 소풍

나는 그때 인도 여행 중이었다. 그런데, 나는 왜,

별일도 아닌 한 장면이 십수년이 지난 요즘도 가끔 생각날까.

하긴, 이런저런 확률로 따져 말한다면 그같은 찰나, 그런 인연도 참 기적이랄 수밖에……

인산인해의 거리,

수염이 빽빽한 릭샤꾼 사내가 우리가 탄 차 차창에서 후딱 밀려났다.

추레한 한 여자의 옆모습이 옆구리에 아기를 얹은 채 후딱 밀려났다.

여자와 사내는 물론 날 보지도 못했다. 나는 그새 어딜 갔나……

그런데, 또한 나는 왜,

그 남루와도 서로 말이 통할 것 같았을까. 그래, 얼른 따라붙고 싶었던 것 같다.

나 없이도 참 여전한 세상, 그때 살짝 엿보았나니.

제2부

조묵단전(傳)
나비를 업다

나 혼자 산소엘 와 넙죽 엎드리는데
　잔디를 짚는 손등에 웬 보랏빛 알락나비 한마리 날아와
살짝 붙는다, 금세
　날아간다. 어,

　어머니?

　………

　다만 저 한잎 우화, 저리 사뿐 펴내느라 그렇듯
　한평생 나부대며 고단하게 사셨나.

　절을 다 마치고 한참 동안 앉아 사방 기웃기웃 둘러보는
데, 없다. 산을 내려오는데
　참, 너무 가벼워서 무겁다. 등에,
　나비 자국이 싹 트며 아픈 것 같다.

조묵단전(傳)

창밖 목련

어머니, 내 옆자리에 와 앉는다.
방금 했던 말, 날 보며 또
밥 먹었느냐, 묻고
앉는다. 가죽 소파 둔한 반동에 닿으며 나는
공중으로 약간 부풀어
피어오르는 것 같은 그런 느낌을 받았다.

작은 키에 꼿꼿이 마른 체구, 아흔여덟 연세에 무슨
힘이 있겠냐만, 새삼
날 낳는 데는 전혀 지장이 없는 것 같다.

환갑 지난 내 몸무게가 방금, 저
창밖
목련 피는 환한 시늉을 겪었다.

조묵단전(傳)
멍텅구리 배 한척

김해 녹십자노인요양병원.
99세, 어머니의 바닥은 지금
인조가죽 매트리스.

거기 전심전력, 전적으로 당신 한 몸 책임지고 앉아 있다,
누워 있다,
누웠다, 앉는다.

누웠다, 앉았다, 누웠다, 앉았다 해도 도무지

안 가는,

아, 멍텅구리 배 한척,

간다.

늪의 달

중천의 달, 꽉 조여 붙들어맨 괄약근이거나 꽉 틀어막은 코르크 마개다.

그러고 보니 저 함축, 동서고금을 막론하고 아무도 풀지 않네, 뽑지 않네. 그리하여 새나가지 못하는 저수, 바람이며 풀이며 뭇별들. 새나가지 못하는 축음, 소쩍새 소리며 개구리 소리며 풀벌레 소리들. 그러니까 북, 제 얼굴 멀리 박아 놓고 밤새도록 울리네, 알 품네, 눈 맞네. 저 물의 눈, 높이 뜬 묵음. 굳게 묶인 말이어서 자욱한 이 마음 어쩔 수 없네.

늪이 늪에 젖듯이* 칠십만평 고요가 고요에 갇혀, 고요는 참 소란하다.

*나의 첫 시집 제목.

산울림

날씨가 아주 쾌청한 날엔 가끔 서울의 남산 꼭대기에서 북녘 땅 개성, 거기 송악산의 윤곽이 어렴풋이 보인다고 한다.

—쩌렁쩌렁! 그 거리는 얼마인가.

그 거리를, 마라톤 풀코스 42.195킬로미터처럼, 아니, 단위 '1그리움'이나 '1기다림'이라 정해
어떤 안타깝고도 아득한 세월의 척도로 삼으면 안될까.

아무튼, 언제 적 하늘이 돌아오는 것인지 모르겠지만, 그러한 날엔 참으로 우렁찬 통성명 소리를 들을 수 있다고 한다.

함박도

경상남도 통영시 미륵도에 딸린 작은 섬.
현재, 열여섯가구에 60대 이상 주민 스무남은명이 산다.

사람의 바다엔 저렇듯 섬이 있고,

섬이 있어 바다가 아름답다.

목에, 동뫼, 우무실, 굼터, 골에, 독발에, 섯바들, 아랫몰,
후럭개, 맨주름, 진살에, 나지막, 밭등, 차암박, 함박끝……

노인들은 오늘도 이 섬을 이루는 곳, 곳, 저 여러 이름들을
푸른 함지박 모양으로 한데 모아
그 바다에 다독다독 잘 심어두는 것이다.

명랑한 거리

아구찜 대구찜 알곤찜 황태찜 해물찜 등 찜 전문 집이다.

이 '누나식당' 주인 처녀는 키다 크다. 말만 한 건각에 어울리게시리 무슨 산악회 회원인데,

산 넘고 산 넘은 그 체력 덕분인지 껑충껑충, 보기에도 씩씩하기 그지없다.

나는 지금까지 그저 서너번 이 집에서 밥 사 먹었을 뿐이니 뭐,

단골이라 할 것도 없다. 오늘 저녁답에도 이 식당을 찾았으나 말짱

헛걸음했다. 문을 닫았다. 어, 잘되는 가게였는데……?
걸어잠근

출입문 손잡이 위쪽에 뭐라 쓴 종이 한장이 붙어 있다.

"안녕하십니까. 저희 집을 찾아주시는 고객님들께 죄송한 말씀 전합니다. 2011년 12월 16일부터 25일까지 잠시 휴업합니다. 12월 17일(토), 저 시집갑니다. 더욱더 밝은 모습으로 뵙겠습니다." —수진

그리고 방(榜) 밑에 청첩장이 한장 '참고'로 붙어 있다.

껑충껑충, 그렇게 산 넘고 산 넘는 중에 회원 가운데 한
사내, 그 신랑 쯤도 물론 잘했겠지 싶다. 우리나라의 힘센,
　좋은 여자란 누구에게나 무릇 오매 같거나 큰누부 같지
않더냐.

'알림' 전문을 들여다보는 잠시 나는 참 소리 없이, 맛
있게
　배불리 웃었다. 껑충껑충, 껑충껑충 "저 시집갑니다."

은하철도가 있다

동대구역 역사 대합실 구내서점 앞 기다란 소파엔 언제나 저 할머니가 먼저 와 자리 잡고 있다. 노숙자 할머니다. 아흔 고개도 넘었다고 하는데, 벌써 이십년째 저러고 있단다. 나는 한달에 한두번 이 할머니를 본다. 근년 들어 할머니를 볼 때마다 체구가 급격히 작아진다는 것을 느꼈다. 그렇듯 더 작게, 더 작게 당신을 줄여 묶는 것 같다. 그렇지 않다면 어떻게 저런 자세로 걸 수 있을까 싶다. 할머니의 머리가 무릎께에 매달려 예사로 덜렁거리는 것이다. 또한 그렇지 않다면 어떻게 저런 자세로 앉아 있을 수 있을까 싶다. 할머니의 주름진 얼굴이 가슴팍에 얹혀 그 가슴팍으로 한사코 파고드는 모양새인 것이다. 할머니의 척추가 너무 심하게 휜 탓이다. 그런가. 노구는 노구의 것일 수밖엔 없고, 노구가 노구에게 젖 먹일 수밖엔 없는 걸까. 그러나 저 할머니, 단 한번도 불쌍한 표정 짓는 거 못 봤다. 볼 때마다 언제나 뽀얀 얼굴로 생글생글 웃는다. 누가, 저 할머니, 젊었을 땐 참 예뻤겠다고 한다. 그래, 저 할머니, 왕년엔 영관급 육군 장교 부인이었단다. 그게 뭐, 어쨌단 말은 아니고…… 아무튼, 지금도 가끔 할머니의 딸네가 찾아와 집으로 가자고 가자고 사정해보지만 막무가내, 열흘에 한번 정도 할머니가 정한 어떤 날짜 말고는 절대로 따라나서지 않는다고 한다. 할머니에겐 지금, 여기, 확실한 역이 생겼고 또 그 언제, 그 어디론가 떠날 기차가 올 것으로 믿기 때문일까. 모름지기, 가고 오는 사람들의 역! 할머니도 역시 똑같은 볼일을 지녔다는 주장인지, 오늘도 저 자리에 저렇듯 당당히 묻혀 배긴다고 한다. 아마도 할머니는 그 어느날 사소하게 삐친 마음이 무릎뼈보다 단단해져 마침내 저 자리까지 걸어왔으리. 할머니는 요즘 종일 졸다 깨다 한단다. 그렇듯 저 몸 착, 착, 접어 끝까지 챙기는 중. 잘 챙긴 저 짐, 그러나 떠날 땐 막상 깜빡! 두고 가시겠지. 그것은 누구나 알 수 있는 일, 하지만 누구도 알 바 없는 일. 그래, 동대구역엔 설레는 목적지, 그쪽으로 가는 명랑한 은하철도가 있다, 있다.

감천동

부산 감천항을 내려다보는 산비탈,
감천동 문화마을 골목길들은 참, 온통 애 터지게 좁아요.
그중에서도 거기 병목 같은 데 한토막은 어부바,
어느 한쪽 벽에다 등을 대고
어느 한쪽 벽엔 가슴을 붙여 또 하루 비집고 들고 나야
　그러니까, 게걸음질을 쳐야 어디로든 똑바로 향할 수가
있어요.

　오늘 아침에도 큰길가 버스정류장에서 만난 두사람.
몸뻬 차림의 뚱뚱한 여자가
부스스한 머리, 키가 껑충한 사내더러 이죽거리며 잔뜩
눈 흘겨요.

"술 좀 대강 처먹지!"

"왜, 내가 또 잠 못 들게 했나?"

　게 골목, 그 통로를 경계로 둔 건너편 집과 건너편 집.

밤중,

　사내의 헛소리며 코 고는 소리에 잠을 설친 여자.

　여자의 지청구와 사내의 대꾸가

　정류장에 나온 이웃 사람들 모두 낄낄낄 웃게 하지만 오
랜 세월

　임의롭게 지낸 남녀 간은 사실,

　정작 붙진 않아요. 다만, 통하지요.

폐교, 나무들도 천천히 문을 닫는다

나무들도 하는 수 없이 나무 속으로 천천히 걸어들어가
고 있는 뒷모습이다.

단풍나무 느티나무 백양나무 양버즘나무,

또다른 여러 나무들이 빙 둘러서서 팽팽하게 당겨 잡고
있던 운동장은 이제 완전히 탄력을 잃었다. 젖어 축 처져

여기저기 흐린 빗물 고여 있다.

그 짓무른 눈엔 아이들 소리가 철벅철벅 밟힌다.

1학년에서 6학년까지 옆으로,

옆으로 잇대 올라가는 아이들의 날카로운 음정이

녹슨 철봉대 위에 새떼처럼 소란하다. 귀 막았는지,

저 끝이 뾰족한 풍향계도 딱, 멈춘 채

자폐의 시간을 오래 찌르고 있다. 향방 없이

마구 구겨진 바람은

검은 비닐봉지 따위나 뒤집어쓰고 펄럭펄럭, 제 짓거리
나 하염없이 불어넣는다.

배출이 없다. 적막으로 팽팽한 이 교정,

교문엔 문짝이 없다. 문이 없으나, 아무도 나가지 않는 폐

문이다.

　나무들도 하는 수 없이 나무 속으로 천천히 걸어들어가
고 있는 뒷모습이다.

뻰찌

불을 켤 때면 가끔 친구 여중환이 생각난다.

그의 청춘은 전공(電工)이었다.

지금도 친구의 손아귀 힘은 무지 세다. 그의 뻰찌가 굵은 전선을 탁, 탁, 끊을 때,

그걸 다시 이리저리 비틀어 이을 때, 그의 길이 되었다. 어김없이 불이 들어오고, 친구는 늘 밝고 씩씩했다.

그 힘은 물론 친구의 손아귀에서 나왔다. 아니다. 그 힘은 친구가 꽉, 꽉, 악무는 어금니, 그 표정에서 나왔다.

그리하여 평생 전기공사(電氣工社)를 운영해 잘 살았으나, 물렸다. 늘그막에 그만

사람에게 뻰찌가 물려 탈탈 턴 빈손이 되었다.

오래전, 어느 해 친구는

우리들의 본적지, 늙으신 내 어머니 홀로 사는 그 헌 집에 전기공사(電氣工事)를 해주었다. 엄청 굵은 용량으로 일습 새로 해주었다. 한사코, 한사코 일체 공짜로 해주었다. 내가 고맙다고 손을 내밀었을 때, 그가 덥석 마주 잡았을 때, 아팠다. 손가락이 몽땅 분필 동강 나듯 몹시 아팠다. 그것은

내 불효를 잡쥔, 악문 것이었을까. 나는 그때
"아프다! 씨팔 놈아—"했던 것 같다.

　뻰찌는 요즘 뭘 잡아먹나.

　여기는 고향 땅, 성주 성밖숲. 등 굽혀 게이트볼을 치는
친구의 악수를 받으니, 엉겁결에 또
　욕 나올 뻔했다. 불빛, 불빛엔 악어가 산다.

어마어마한 수단

차가 휴게소에 들를 때마다 너도 꼭 따라 내렸지.

나는 오줌 누고 손 씻고, 너는 곧장 세면기 앞으로 가 짐짓 손만 씻었지.

왜, 또 그러고, 또 그랬지.

나는 모임에 와 있고, 너는 조금 전 큰 수술을 받았어. 아내의 콩팥, 아들의 간을 받아 동시 이식술을 한 것. 가족 간 그 생명 나누기에 연인원 팔십여명이 호흡을 맞췄다고…… 그래, 그렇게들, 널 안고 쉬ㅡ 오래 기울인 시간. 우리도 시간에 맞춰 병원에 전화를 했어. 수술이 성공리에 끝났다고, 그 첫 오줌이 시원하게 잘 나왔다고. 우리는 한꺼번에 박수를 치고, 그제야 또 슬슬 포커판을 벌였어. 너도 누구 못지않게 '패'를 즐기지. 누가, 널 이 판에도 얼른 불러들이자고…… 또 누가, 지금 어디 불난 산 없냐고, 너보고 당장 그걸 끄게 하자고……

신부전으로 인한 혈액투석 삼십여년, 하루걸러 종일 써
늘하게 되감아들인, 그러나 그 길고 긴 뜨신 끈,

통수(通水)여.

먼저 바지 지퍼부터 내리는…… 실로
어마어마한 '수단' 아니냐.
너도 이제 널 잡고 오줌 눌 그 일! 잘 내려다볼 것.

와, 와, 통하다

이 벚나무 가로수는 효목육교 바로 옆에 서 있다.

육교 계단을 중간쯤 올라가면 눈앞에 펼쳐지는 무성한 가지,

벚나무 한복판으로 들어가는 느낌이다. 계단을 내려갈 때도 그렇다.

올해도 벚꽃이 한꺼번에 활짝 피었다. 내 마음이 와, 감탄하자

벚꽃 무더기도 와, 웃었다.

말이 없었다, 말 없는 중에 홀연

벚꽃 다 졌다. 내 양쪽 어깨뼈가 앙상하게 만져지는 저

흰 구름 속, 육교 자국도 뭉게뭉게 풀리고 있다.

묵호, 등대 텃밭

묵호 등대오름길의 산비탈 동네엔 작은 집들이 아찔, 아찔, 화투짝만 한 난간에 붙어 있다. 밤중에, 험한 잠결에 그만 굴러떨어질 수도 있겠다 싶다. 그리 어지럽던 차에 빈집도 더러 생겨났다. 그 빈집마저 헐린 데가 어, 여기저기 새파랗다.

어디로 인도하였을까. 누군가 떠난 자리에, 누군가 또 제때 새파랗다. 새파란 부추며 상추며 쑥갓…… 묵호 등대, 묵호 씨는 대낮에도 참 별걸 다 밝힌다.

저기 걸린 물소리

물소리를 베고 눕다.
물소리를 깔고 눕다, 덮고 눕다, 감고 눕다.
물소리를 안고 누워도 잠 오지 않는다.

맨 나중에 당도한 물소리가 언제나 저기 걸린 물소리다.
물소리가 얼른 받아 입는 물소리,
그 동작이 참 얼마나 빠른지
계곡의 물소리는 밤새도록 같은 소리로 걸려 있다.

당대란 바로 지금 저기 걸린 물소리다.
나는 잠 오지 않으니까 들끓는다.
아직 오지 않았거나, 이미 지나간 날들의 어머니여
치마폭처럼 멀리 두른 저

고요

나는 여기 물속 바위, 악착같이 웅크렸으나
물소리에 닳으며 또

한사코 기어들려는 데가 있다.

제3부

비 넘는 비

대구 수성구 수성도서관 입구 커피전문점 '리찌번'에서 비 오는 것 읽는다. 커피 아메리카노 샷 추가, 뜨겁고 쓴 깜깜한 블랙이다. 후텁지근한 날씨에 빽빽한 빗줄기가 그나마 시원하다. 두 여자는 찻집 전면 바깥 까대기 천막 아래 나란히 앉아 대놓고 아예 비 구경 한다.

남편 직장 따라 미국에서 한 삼년 살다 온 여자와, 역시 남편 직장 따라 지난해 충청도 천안으로 이사 갔다가 잠시 친정 다니러 온 여자다. 두 여자는 주거니 받거니, 그동안 쌓인 이야기보따리를 푼다. 그걸 훔쳐 듣는다. 미국에서 온 여자는 중3과 고3 두 딸아이에게 예상되는 학업 혼란이 걱정이고, 천안에서 온 여자는 무엇보다 우선 자기 자신의 현지 부적응이, 그 외로움과 사귀지 못하는 게 문제다.

여기 도서관 앞의 비, 그러나 저기 천리타향과 만리타국의 비. 비의 피류 스크린엔 두 여자의 이야기가 한꺼번에, 따로 비치는 것이다. 먼, 저 눅눅한 길이 무엇으로 다 마를까. 하긴 뭐든 젖어야 깨끗이 마르는 것, 비는 비슷비슷 수런댄다. 그 옛날 변두리 극장 동시상영같이 과거지사는 본디 흐려서 깊어 보여, 모두 낡은 흑백이다. 흑백이 궂은 날엔 더 잘 젖는다, 덜 젖는다. 제가 출연하고 제가 보느라 두 여자의 빗소리가 자꾸 어느 한쪽으로 쏠렸다, 쏠렸다 한다. 반동이 버티는 힘이다. 그녀들이 그녀들 앞에 지금 자욱한 빗줄기를 줄기차게 걸어두고 말없이, 천리타향과 만리타국을 되돌려 보는 중. 그래, 인생의 반은 그늘. 작은 찻잔 속에 명치끝 흉골 옹이처럼 새까맣게 몰린 것, 작지만 또렷또렷 앞앞이 앞이 어둡다.

그만 일어서서 활짝 우산을 펼 때 두 여자, 퍼뜩! 뭔 날개를 느낀 것 같다. 두두두둑 난다. 난다, 난다. 젖어 나는 책날개, 비 듣는 박쥐우산은 비의 북이다. 바람이, 언덕길을 올라가는 두 여자의 뒤태를 뒤태 너머로 흔들흔들 밀어, 올려보낸다. 봐라, 어쨌든 비 넘어가는 비. 비의 사전엔 고개란 없다. 날줄에 씨줄, 비는 그 마음에 드는 그 마음. 먹먹하게 가로막혀 아무 글자도 없는 것, 이 도서관 앞에다 걸어두고 두 여자 저 길, 길 넘어간다.

명옥헌

잠자리 겹눈을 가진 헌 집이 있다.
네칸 두줄박이 한복판에 고녀의 표준 너비,
작은 방 하나를 두었기 때문이다.
고개 들면 탁 트이도록 사방으로 활짝 열어두었기 때문
이다.
문틀, 기둥과 기둥 사이가 꽉 짜 안고 있는 여러 허공이
또한 전부 액자다. 다각도로 내다보이는,
다방면으로 수놓여 들어오는 첩첩 바깥이
열매처럼 집약되는 방이 있기 때문이다. 이 눈물 한방울
의 고요가
깨끗하게 여무는 헌 집이 있다.

누가, 요동벌판까지 나아가 여기 한바탕 울 만하다 하고
한바탕 속 시원히 목을 놓았다 하는가, 바보다.

하늘이, 뜬구름이, 뒷산 숲이,
배롱나무 무리가, 우와, 배롱나무 꽃 화염이며 풀들이, 허
연 소낙비가,

청동 명경만 한 바다, 화엄 아래, 연못에, 맑게 다 몰리는
헌 집이 있다. 우주적으로 꽉 다문 입속에
오래 녹여 먹는 일생일대이자 슬픔,
깊이 들여다볼 수 있는 헌 집이 있다.

현 위의 새

시베리아 쪽으로 멀리 지나가는 철새,
노랑딱새 한쌍이 우리 집에 둥지를 틀었다.
처마 아래, 창틀 위 맨 구석에 우묵하게
검불 따위를 모아 알을 품더니
새끼 네마리를 깠다.
암수 교대로 연신 먹이를 물어 나르며 주거니 받거니
6월, 즐거운 소리가 한동안 끊이지 않았다.

간밤에, 새의 보금자리가 바닥났다. 오, 깨끗이 핥아 먹은
고양이 밥그릇!

이 작은 허공에다 금세 새로 현을 메웠는지, 새 운다. 참말로
새 우는 소리라곤 생전 처음 듣겠다. 이것이 바로
심금인 줄 알겠다. 뜰을 디디니
시멘트 바닥이 길게 금이 갈 정도다. 전깃줄이며 대추나무 우듬지에,
장독대며 지붕 꼭대기에도 붙들려

자지러질 듯 못 박히는 새, 아무리 파닥거리며 애를 써도
세계의 중심은 중심에서 끝내
내뺄 수 없고, 그 어떤 뻰찌로도 빼낼 수 없구나.
한 점, 새의 언 발이 탄주하는
시베리아 동부 지역, 사할린까지 비었다.

눈 속의 사막

눈에, 두어알 모래가 든 것 같다.

안구건조증이다. 이럴 땐 인공누액을 한두방울

'점안'하면 한결 낫다. 이건…… 마음의 사막이 몰래 알
슬어 공연히 불러들인 눈물이다. 하긴,

사람의 눈물은 모두 사람이 만드는 것. 그 눈물 퍼올려

너에게로 가야 하는 메마른 과목이 있다.

'눈에 밟힌다'는 말은 참, 새록새록 기가 막히다. 그 누군
가를 하필 가장 예민한 눈에다 넣고, 그 눈으로 자주, 사무
치게 자근자근 밟아댔을 테니

어찌 아프지 않았겠나, 눈앞이 정말 깜깜하지 않았겠나,
그래, 눈물 나지 않았겠나.

그리운 사정을 이토록 가슴에 박히는 듯 압축한, 극에 달
한 절창이

세상 어디에, 언제, 또 있을까 싶다.

그러나 눈에, 그 엄청난 황사를 설마 다 몰아넣고 그걸 또
남김없이 밟으며 끝까지 헤쳐갔겠는지…… 아무튼, 사람의

눈물은 실로 무진장해, 그 강물

  그 눈에, 방울방울댔을 거다. 그러니까, 낙타는 제 눈 속
의 배다. 하지만 본래,

  도저히 가늠할 수 없는 것이 그리움 아니냐. 눈에, 눈물은
또 여물처럼 모래를 씹는 짐승,

  그 슬픔 건너는 길이었을 것이다.

엄마, 엄마, 엄마야

마흔도 한참 지난 여자가 웬 감꽃을 실에 꿰면서
실에 꿰어 이윽고 목에다 걸고서
이리저리 거울에 비춰보면서
그걸 또 벽에다 걸어두고 마냥, 마냥 즐거워하면서

며칠 전 어느 자리에선가 여자가 문득
다시 한번 꼭! 감꽃목걸이를 하고 싶다고, 그것이 이 화
창한 가정의 달 5월에
불현듯 생각난 소원이라고 수다를 떨었다. 그때,
좌중의 누군가가 여자의 그 푸념을 슬며시 유념했던지
며칠 후 그 사람,
정말로 어디선가 한됫박 남짓 감꽃을 주워담아 온 것이다.

"이게, 뭐예요?"
여자가 검은 비닐봉지 아가리를 열고 들여다봤다.

악어 아가리의 각도

늙어, 언제부턴가 오른손이 떨린다. 예컨대, 술을 받기 위해 잔을 내밀 때부터 약간 떨기 시작한다. 어느날, 내게 술을 따라주던 이 모 시인이 "내가 팰까봐 떠시오?"했다. 점잖은 신사께서 남의 '장애'를 희롱하다니…… 아무튼, 술잔을 입에 갖다대려는 순간엔 특히 걷잡을 수 없이 떨려 그만 술을 엎지를 지경이 되기도 한다. 그럴 때마다 급히 왼손으로 잔을 옮겨 수습하곤 한다. 물론, 뭐든 먹고 마실 땐 다 마찬가지다. 뿐만 아니다. 입에다 쉿! 검지를 갖다대는 짓이나 손 키스를 갖다댈 땐 꼭 가속도가 붙은 예의 떨림이 나타나, 잽싸게 나타나 입술에다 대고 마구 박음질하듯 드럼을 치곤 하는 것이다. 칫솔질, 전화질도 불편하기 짝이 없다.

살모사 꼬랑지처럼 바르르 떠는 젓가락 끄트머리, 이 진앙은 도대체 어디일까. 이 모든 진동이 전날 술 마셨거나 춤거나 긴장할 때나 격한 운동 직후엔 더 심하다. 인생, 그러니까, 요는 입이 문제다. 그렇다면 이놈의 입을 꽉 닫아? 꽉 닫힌, 봉쇄수도원은, 묵언정진의 토굴 속은, 주린 배 속은 또 얼마나 깜깜한 세계일까.

이러다 정말, 호되게 얻어터질 일 당할지도 모르겠다 싶어, 나섰다. 거기, 잘 아는 수간호사, 박 시인을 통해 D종합병원엘 가봤다. 8층 신경외과에 가서 진찰을 받았다. 담당 의사가 담담히, '분태성 수전증'이라고 했다. 근본적으로 파킨슨병이나 중풍, 치매 따위 전조는 아니니 크게 걱정할 필요는 없다고…… 약 처방을 해줬다. 안심이 되었다.

근데, 분태성? 아, 분태성(奮態性)! 그래, 내가 참 쓸데없이 흥분을 잘하는 편이지…… (그리고 눈앞에 '만개'한 여자를 두고 어찌 흥분 안해?) 다시 1층 로비에서 만난 수간호사가 내 말을 듣다 말고 킥킥거리며 아저씨, 그런 뜻이 아니라요, 부모로부터 내려받은 본태성, 본태성(本態性)요, 했다. 그렇군, 하긴, 우리 어머닌 노후에 체머리를 떨었지. (그런데 이런, 들킬 뻔했구먼…… 변태성(變態性)으로 듣지 않아 그나마 다행이다 싶었다.)

한겨울 찬 바람 부는 거리, 병원을 나오자마자 한참 참았던 담배를 한개비 빼 물었다. 무는데, 담배 한개비를 골라, 뽑아, 입에 물기까지의 그 여러 모퉁이, 각각의 팔 동작 마디마다 순서껏 붙어 있다가 에누리 없이 제때 작동하는, 이 고조되는 떨림.

아, 모일 모시, 나한테 남은 시간 중에, 저 무성하게 우거진 물가 수풀 속 어디에, 한입에 덥석 날 받아먹을, 악! 악어 아가리의 각도가 쩍, 벌어지게 숨어 있겠다 싶다. 과연, 덜덜거리는 인생을, 날 잘 소화시킬 것인가, 저 잠잠한 죽음은……

부강역

경부선 야간 완행열차,
무궁화호가 서는 작은 역마다
몇몇 사람이 내리고
역세권의 어둠은 얼른 그들을 받는다.

객차를 꽉 메운 주말의 지친 표정들이 장시간
느리고 헐한 속도에 몸을 맡겼지만
목적지는 그러나
누구의 그 어디든 결코 변방이 아닐 것이다.

이 무슨 역인가, 당신인들 함부로 지나치겠는지…… 지금
저들의 중요 대목이다.
저 광경, 바로 여기에 와 인생 전부가 벌어져
한껏 기쁘다.

열두어살 딸아이와 함께 도착한
한 여자는
플랫폼까지 들어온, 커다랗게 웃는

남자의 마중을 받는다.

거친 오솔길이 물푸레나무를 낳았다

물푸레나무 한그루가 이 오솔길 한복판에다가 건각의 굵은 밑둥치를 박고 있다.

여기저기 거칠게 불거진 상처 때문일까, 물푸레나무는 길게 드러눕듯 했으나 울창한 잡목들 사이로 비스듬히 고개를 치켜드는 시퍼런 울력을 보이고 있다.

그 끝이, 뜻이 언뜻 고요히 깊은 하늘이다.

그렇다면 이 돌투성이의 가파른 오솔길이 물푸레나무를 낳은 걸까.

오랜 세월 밟히고 밟힌 것들을, 꿀꺽 삼키고 삼킨 것들을 긴 컨베이어벨트로 울퉁불퉁 실어 나르는, 갖다 부리는 동작도 똑같다.

험한 길은 이렇듯 전력투구로 길이어서

이 능선엔 심하게 굽은 척추가 다 드러나 있다. 그 아픈 데를 딛고 한참 올라가면

다산초당이 나오고, 좀더 올라가면 거기, 강진만의 바다가 널리, 새로 잘 펼쳐진다.

길 없이 걷는 자 물가에 앉는다

햇빛에, 또 불빛에 반짝이는 수면엔, 입질 같은
무슨 말이 있다. 바닥을 밟아온 발바닥엔
그 어둠을 받아적는 깊은 가슴엔
무엇보다 슬픔엔 소리가 없고, 저
꽉 다문 입, 막막한 데를 누가
오래 응시하다 갔다. 혹은 저, 몸 비늘이 아프다.

나는 지금 이곳이 아니다

나는 오늘도 내뺀다.

나는 오랫동안 이 동네, 대구의 동부시외버스정류장 부근에 산다.

나는 딱히 갈 곳이 없는데도, 시외버스정류장은 그게 결코 그렇지만은 않을 거라는 듯

수십년째 늘 그 자리에 있다. 그러니까,

이 동네에선 골목골목들까지 나를 너무 속속들이 잘 알아서

아무 데나 가보려고,

눈에 짚이는 대로 행선지를 골라 버스를 탄다.

어느날은 강릉까지 표를 샀다. 강릉 훨씬 못미처 묵호에서 내렸다. 울진을 가려다가 또 변덕을 부려

울산 방어진 가는 버스를 탄 적도 있다. 영천 영해 영덕 평해 청송 후포 죽변……

아무 데나 내렸다.

그러나 세상 그 어디에도 아무 데나 버려진 곳은 없어, 지금 오직 여기 사는 사람들……
말 없는 일별, 일별, 선의의 낯선 사람들 인상이 모두

나랑 무관해서 편하다.

한 노인이 면사무소 옆 부국철물점으로 들어가
한참을 지나도 영 나오지 않는다. 두 여자가 팔짱을 낀 채
힐끗 쳐다보며 지나갈 뿐,
나는 지금 텅 빈 비밀, 이곳에서 이곳이 아니다. 날 모르
는 이런 시골,

바깥 공기가 참 좋다.

송별, 자귀나무 삼거리

여기는 섬진강 가 피아골 입구 삼거리, 가게 앞 천막 아래 앉아 일행은 맥주를 마십니다. 그는 아직 오지 않고, 느닷없는 폭우가 이루 자욱합니다. 그 없는 비, 비에 술이 싱겁고, 이런저런 이야기도 빗소리에 어지러운데요,

저, 자귀나무 한그루 여기 강가 풍경 중에서도 가장 구부정하고요,

동서로 뻗어 있는 강변도로와 계류를 거슬러오르는 길의 지리산 초입, 뿔뿔이 흩어져 돌아갈 일행의 귀가와, 그가 홀로 더듬어갈 출가의 삼거리, 이 가게 앞 천막 아래 앉아 일행은 맥주를 마십니다.

그는 아직 오지 않고, 그 없는, 그의 뒷모습을 저 빗속에 묻으며 지금,
그에겐 없는, 저, 자귀나무 봅니다.

제4부

의논이 있었다

생활고와 병고를 견디다 못해 결국
세 모녀는 나란히 누운 채 죽었다. 하지만
세상을 향한 단 한마디 원망도 없이, 그저
"죄송합니다. 정말, 죄송합니다." 짤막한 유서를 남기고
갔다.

헌 냄비엔 이제 라면 대신 안친 번개탄 세장,
한줌 재 속엔 또한
세 모녀의 마지막 목소리가 서로,
도란도란 젖으며 짤막하게 식어갔다.

물 위의 암각화

지금은 모르고 안 운다.

저 원시적 세월호 참사에서 구조된
다섯살 권 모 어린이.
시방 가족 중에 홀로 '침몰' 바깥에 앉아, 춥다.
아직 비극이란 걸 몰라
그저 놀란, 새까만 눈만 말똥말똥 뜬 채
엄청 큰 바다 앞에 꽉 눌려 무표정하다. 다만
조그만 손으로 애써 젖은 양말을 벗으며, 한가지는
대담한다. 한살 터울 오빠가 벗어준 구명조끼,
그 구명조끼만은 한사코 벗지 않는다. 봐라,
아이가 한평생 껴입어야 할 여러벌
젖은 그림들.
저 물 위에 이미 깊이 새겨졌다.

훗날엔 자주 울고 있다.

레바논 처방

이 남자아이는 열두살,
이번 폭격으로 아빠 엄마 어린 동생들까지 다 죽었다.
저도 한쪽 팔을 잃었다.
의식을 되찾은 아이는 묵묵부답, 밥도 안 먹고
약도 거부했다.
그저 꼼짝 않고 누워 배겼다. 가끔
가족들 품속인 양 소리 없이 눈물을 비치곤 했다.
닷새, 엿새…… 아이는 고열에 시달렸다.
악몽에 쫓기는 것인지 자꾸 헛소리를 해댔다.

나는 고민 고민 끝에 결정했다.

아이의 남은 오른팔을 주무르며 낮게 일러주었다. "얘야,
너, 빨리 나아야 이 손으로 총을 들 수 있지!"

극약도 약이구나,

아이는 보란 듯이 밥 잘 먹고, 약 잘 먹고, 운동하면서

이젠, 눈 똑바로 뜨고
물론, 울지도 않는다.

절벽

산 정상 전체가 거대한 바윗덩어리다.

바위벼랑에 바로 붙여 지은 절,

절 마당에 서서 잔뜩 고개를 젖혀 올려다봤지만 와,

얼마나 높이 깎아질렀는지

그 꼭대기가 이루 보이지 않는다. 먼 구름만 뭉게뭉게 복잡하다.

언제 적일까, 여기저기 굴러떨어진 집채만 한 파편들. 검은 암벽엔 지금도 군데군데 길게 금이 가 있다. 그래서일까, 오래전 누가

일렬횡대로 등나무 넝쿨을 올려놨다.

턱없이, 무엇을 받아 안고 무엇을 꿰맬 수 있겠는지······ 정작

수직으로 막아서는 일갈이야말로 절인 것 같다. 기껏,

저 난공불락의 정강이쯤까지 악착같이 시퍼렇게 기어오른 등나무 넝쿨의 늙은 팔 끝이 결국, 허옇게 질려 말라 죽고 있다. 나는 지금

절 마당에 서 있다는 사실, 올려다볼수록

다행이다 싶다. 저기

위태롭게 걸린 소나무들, 새들, 바람이 아니어서 또한
안심이 된다. 절벽, 돌아서라는 말씀!
나는 다만 돌아선다. 절벽, 내 등 뒤로 천천히 눕는 길
바닥이나 걷자. 하늘은 아직 현기증,
다름 아니라 나는 고소공포증이 심하다.

달소

저 먼 낮달의 고향이야말로 농촌일 것이다.

이 도시 변두리 동네 공원 팔각정, 할아버지 네댓분이 지금 한창나이 때의 농사 이야기에 푹 빠져 있다. 가뭄이며 장마며 보릿고개 같은 정황이 여기서도 역시 빠질 수 없는 배경이다. 아무튼, 음력 절기 따라 이랴, 이랴, 쟁기질하던

저 흐릿한 체취가 어느덧 흙냄새에 가깝다.

* 만든 말. 허공을 가고 있는 저 달을 한마리 일하는 소로 보았다.

두벌새끼들

고목엔 다물지 못하는 구멍이 있다.
그 큰 눈 속 깊이 지금,
원앙이 깃들어 알을 까 새끼를 품고 있다.

저리, 눈에 넣어도 안 아픈 거다.

어미가 뛰어내리자 새끼들도 앞다투어
둥지를 뜬다. 하나, 둘, 셋, 넷……
다섯마리 모두 탈 없이 총, 총, 총, 총, 총, 어미 뒤를 따른다.

저, 눈에 밟히는 소란이다.

새끼들 앞앞이 걸린 어여쁜 물결
보드랍게 휘는 것,

두벌새끼 보는 재미가 무엇보다 기쁜지
불현듯 새로 움튼,
고목의 눈이 온몸에 파릇파릇하다.

원근법

까마귀 네댓마리가 몰려 적막을 쪼고 있다.
까마귀 네댓마리가 몰려 거친 산악을 쪼고 있다.
까마귀 네댓마리가 몰려 한적한 고갯길을 쪼고 있다.
까마귀 네댓마리가 몰려 헌 아스팔트 바닥을 쪼고 있다.
까마귀 네댓마리가 몰려 짓뭉개진 뭔 먹이를 쪼고 있다.

내가 모는 차가 저네들 아주 가까이 다가가자 마지못해
후다닥 날아오른다. 후폭풍이 물린 주위, 들여다보니
　청설모다. 간발의 차이!
　놈은 참 너무 빨리, 혹은 너무 늦게 도로를 가로지른 것.
　그러나 그것이 바로 운명, 제때 가로지른 것이다.
　그 누구 차엔가 치인 다음, 또 까마귀들에게 파헤쳐진 사
정을 알겠다.

　까마귀들 휘적휘적 날아가 우선, 근처 나목 가지에 주렁
주렁 앉아 흘끔, 흘끔,
　먹다 남은 데를 엿본다.

언젠가 낙과처럼 땅에 떨어져 허공에 묻힐 저
시꺼먼 무덤들, 남은 시간을 쪼고 있다.

북항

'목포는 항구다'라는 사실!
압해도 들어가는 저 연륙교 공사가 끝나면 항구는
섬 하나를 잃고 이제 앞니 빠진 것 같을까,
아침 안개 때문에 아직
배가 뜨지 못하는 목포는 역시 항구다. 앞에도 뒤에도 그리운
압해도, 푸른 압해도 들렀다가 오후에
우린 또 헤어진다. 안개 속에서 누가
「목포의 눈물」을 부른다. 여기 이 북항을
토박이 노인들은 더러 '뒷개'라 부른다고…… 뒷개,
이 골동품 막사발 같은 이름을
어디, 한쪽 구석에다가 잘 모셔두고 싶다. 압해도 뒤에도
코앞인데도 멀다. 더 멀어지기 바란다. 연륙교가 완공되기 전
북항엔 지금 안개가 꽉 잡고 있다. 사람 헤어지는 일이
그리 쉽겠냐, 안개여
이대로 아주 철통같기를 바란다. 여기 아름다운 뱃길에
아직 배가 뜨지 못하는 그런 일이 남아 있다. 봐라,

좌우당간에 아심, 아심찮다. 짠하게
'항구는 젖는다'라는 사실!

홍탁

홍어회는 술안주다.
어두운 마음이
검은 발자국처럼 납작 숨죽여
바닥인 놈, 씹는 중이다.
잘 삭힌 독(毒),
아니, 살짝 썩힌 생(生)이다. 그리움은 절대로 눈앞에 다
가오지 않고, 오지 않는 것만이 그리움이어서, 오래 기다리
는 마음은 망하고 상해서
역하다. 한방 되게 쏘는 일침,
가책이 있다.

퇴폐 또한 맛이다.

웃음에 난 뿔

고인이 된 신현정 시인은 이제
영정 속에서
위쪽 앞니 여덟개로 하얗게 웃고 있다.

시인이 생전에 그린 걸작(?) 자화상엔
죽순 같은 도깨비 뿔이 나 있는데,
눈이며 입 모양은 영판 울상이다.

그러니까, 웃음에도 순한 뿔이 난다.

그러니까, 뿔의 뿌리는 슬프다.

그러니까, 그는 초식, 초식성의 시를 썼다.
가을날의 저 흰 구름, 순한 양처럼
하늘 행간의 먼 풀밭으로 갔다.

류묵지(柳墨池)

어둠은 손에 묻어나지 않는다. 그러나 어둠은 어둠을 묻혀
어둠을 그린다. 어둠은 어둠으로도 만상을 잘 그려내
어둠은 저리 깜깜, 검다.

영천시 임고면 선산에 묻힌 평론가 고 김양헌,
그의 묘소에 다녀오는 길이었다.

기일도 뭣도 아닌 어느 봄날 대낮에 뜬금없이 들렀다가,
공연히 여기저기 떠돌며 소풍하다가, 저녁밥 사 먹고 돌아
가는 길, 밤중에

그야말로 깜깜한 어둠속에서,

어둠속에서도 제 이름 확실히 밝힌 능수버들 한그루가,
높게 자란 능수버들 한그루가 차를 세웠다. 저 능수버들 한
그루가 바람에, 굵은 가지들마다 한무더기씩 치렁치렁 매
단 슬픈 뒤태, 온 동네 여자들 긴 머리채가 제각각, 한꺼번
에 흐느끼며 출렁이고 있었다. 출렁이는 붓질이 번쩍이는
못물을 그리고, 못물을 에워싸는 잡목 숲을 그리고, 근육질
의 먼 산 산세를 그리고, 일괄 거침없이 검게 그려놔

절대로 지울 수 없는 이름들. 다시 못물을 찍어, 저를 또

그렇게 그려대는 능수버들에게 묻노니……

　신문에서 읽었다. 최근, 세계의 과학자들이 어둠의 검정색을 이루는 '물질'을 구명하기 위한 연구에 들어갔다고.

　밤중에, 일행과 함께 붙들려 살펴본 이 작은 저수지의 이름이 궁금했다. 일행 중,
　누구도 아는 이 없어…… 그래, 넌지시 '고인'에게 물어봤다. 그랬더니, '류묵지(柳墨池)!'라고…… 기다렸다는 듯 즉시 대답했다.

　죽음은 그래도 맨 나중에 오더라는…… 저, '그립다는 말'. 그 어둠은 여기 이
　버들엔 묻어난다.
　참고로 말씀드리자면, 김양헌의 '양'자가 '버들 양(楊)'자다.

숲이라는 이름의 신도시

나무들은 나름대로 전원 각기 적소에 서 있다.

그러나 결국 혼자 살지 못하고

지하공장에서들 올라온 것처럼 일사불란 작업 중이다.

암흑에서 뽑은 강철심 같은 것,

매미 소리가 종횡무진 숲을 누비고 있다. 나무들이 내는
금속성은 어쩨 듣기에 거북하지 않은지,

질긴 그 노래로 해마다

숲은 숲을 새로 짓고 있다. 수북하게 부풀어오른 녹음이

거친 산악을 한번씩

해일처럼 거대하게 흔들어보고, 흔들어보곤 한다. 무공
해 신도시는

튼튼하다. 속 빈 삼나무 고사목은 나무들의 공중전화 부
스다. 장대하게 선 송신탑이다. 팽팽한

신경섬유 같은 것, 나무와 나무 사이를 통틀어

의미망이라 한다. 숲의 나무들은 쉴 새 없이 계속 통화 중
이다. 빗방울, '나비바람' 한점에도

숲은 널리 젖거나 고봉으로 다시 술렁인다. 누가 울었다,
봐라.

저녁노을 또한 왕창,

전세계적으로 한꺼번에 울창하게 걸린다.

나는 오늘 후포에 처음 왔다

나는 오늘 후포에 처음 왔다.
저녁밥이나 사 먹고 곧장 떠날 것이다.

흐린 날, 바람 몹시 불고 5월인데도 춥다. 비린 바닷물 파편이 자꾸 횟집 유리창을 때린다. 얼룩얼룩 흘러내린다. 방파제 아래 매달린, 덜거덕거리는 목선들. 나 잠시 정박한다. 이 밧줄 같은 시장기, 검게 그을린 사내들이 밤에 소주에 잔뜩 먹고 낄낄낄 나간다. 목 주름살 붉게 펴면서 횟집 여자가 또 삐죽 부둣가를 내다본다. 먼 집어등 불빛, 글썽글썽하다.

나는 참 붙일 말이 없는,
그러나 생생하게 목격되는 저 여러 장면들 또한
나를 한번 허퍼 거들떠보지도 않는다.

내가 떠나도 그 빈자리 따위 없겠다.

뒤돌아보니 꿀꺽, 넘어가는 저

먼 불빛 후포,
잘 먹었다.

길은 또 그렇게 제 꼬리를 삼키누나.
부른 배, 둥근 비애가
더 많은 과거가 뭉클, 깜깜하게 만져져
나는 지금
그 어디에도 없으므로 집에 간다.

오년 만에 다시 후포에 왔다

오년 만에 다시 후포에 왔다.
소도읍 가꾸기 사업으로 후포는 이제 완전히 새단장했다.

나는 부쩍 더 늙었다.

운동화 끈을 고쳐 맨다.

새로 쌓은 방파제 끝 등대 앞,
일행과 함께 방금 사진 찍은 데를 돌아본다.
후포의 팔뚝은 다시 반영구적인 근(根) 불쑥 세웠구나.
빤히 내다보이는 길 시멘트 위에,
땡볕 아래 묻은 물 파편 같은 것
앞날은 이미 찰칵, 비어 있다.

명창, 귀명창

그리하여 시뻘겋게 번질 것, 저
한판 저녁노을 목구멍 깊이 걸릴 것,
끊어라, 일폭(一瀑)!
귓구멍 속 적막일 것, 적막이 기억하는 벽력일 것, 손에
땀을 쥘 것, 긴 몸 냄새여 아찔할 것,
그대 뒷모습, 지평선 너머 너머 끝끝내 눈에 밟힐 것,

저 달을 삼켜라.

깜깜한 맛 바닥까지 널리 가라앉을 것,
가슴이 온통 텅 빈 밤하늘일 것,

봄날은 간다, 가

강원도 평창군 가리왕산 뒤쪽에 사촌동생 내외가 들어와 사는 전원주택이 있다. 이 집에, 남녀 종반 간 아홉명이 한여름 더위를 피해 모였다. 누님 셋, 그리고 사촌형 내외, 우리 내외, 다들 60대 중후반이거나 70대 중후반이다. 세 누님은 공교롭게도 아까운 나이에 각기 부부 사별을 겪었다. 그래, 요즘 어디든 함께 잘 어울려 다닌다.

그런데, 이곳 평창에 온 첫날부터 내리 장대비가 쏟아진다. 비에 갇혀 아무 데도 가지 못하고, 가지 못하니, 일흔아홉 저 누님 이제 또 슬슬, 간다. 물론, 젊은(?) 두 누님도 간다. 금세, 이구동성으로 아직 참 잘도 넘어가는 자매들, 예의 흘러간 유행가 「봄날은 간다」를 부른다. 말하자면 누님들의 주제가다. 지난봄 포항 모임에서도 그랬던 것처럼 기다렸다는 듯 형제들도 모두 따라 부른다. 3절까지, 끝까지 다 부르고, 처음부터 다시 부른다. 또 부르고, 또 부른다. 이미 간 봄, 간다 간다 불러일으키니 정말, 철 지나도 실은 봄날은 간다, 가. 가도 가도 비.

내가 불쑥 말했다. 봄날은 간다 3절 다음, 노인들을 위한 봄날을, 그 '제4절'을 쓰겠다고…… 썼다. 성원에 힘입어,

98

썼다.

밤 깊은 시간엔 창을 열고 하염없더라.
오늘도 저 혼자 기운 달아
기러기 앞서가는 만리 꿈길에
너를 만나 기뻐 웃고
너를 잃고 슬피 울던
등 굽은 그 적막에 봄날은 간다.

등 굽은 그 적막에 봄날은 간다, 가. 그리하여 이제 4절까지, 저 끝까지 가느라 여기 눌러앉은 뒷모습들. 그러나 봄날은 결코 제 몸 앉혀둔 채 마저 간 적 없어, 느린 곡조로 저마다 또 봄날은 간다, 가. 가느라, 지금 등이 더 굽는 중……

명랑성으로 그윽한 신명의 흔연

정우영

1

문인수 형과 나 사이에는 필연적으로 박찬 형이 끼어든다. 찬이 형은 이미 태초로 돌아갔지만, 문인수 형 새 시집의 발문을 쓰자니 그를 소환하지 않을 도리가 없다. 내가 문인수 형을 '형님'으로 모시게 된 건 찬이 형 덕분이다. 내가 찬이 형을 '형'이라 부르자, 문인수 형도 자진해서 '선생님'에서 '형'으로 항렬을 내렸다. 나는 망설이지 않고 바로 그를 형님으로 모셨다.

이후, 문인수 형과 찬이 형은 내게 참 귀한 형들이자 벗이 되었다. 내가 감히 '벗'이라 쓸 수 있는 것은 이분들이 관계에서 거리감을 벗어버렸기 때문이다. 이 형들과 만나면서 나는 나이 차이로 인해 으레 있을 법한 어떤 격절감을 전혀

느끼지 못했다. 개구쟁이 같은 장난질과 키득거리는 대화만으로도 충분히 유쾌했던 날들이었다. 그 무렵, 사람살이의 즐거운 온유와 시로 나누는 유대는 얼마나 살갑고 정겨웠던가.

물론, 좀더 솔직해지자면 이 교분에서 나는 한곳 처진다. 두 형들 사이의 교감은 마치 연애 같았다. 이런 게 사내들의 정분이구나 싶을 만큼 두분의 우애는 깊었다. 그럼에도 나는 그다지 소외감을 느끼지는 않았다. 설익은 막내 노릇도 그럭저럭 할 만했던 것이다.

하지만 내 막내 기간은 그리 길지 않았다. 느긋했던 찬이형이 병마에 잡혀 창졸간에 훌쩍 떠나버린 것이다. 그 황망함이라니. 문인수 형과 나는 한동안 우울거렸다. 문인수 형께는 직접 물어보지 못했으나, 그 무렵을 기억할 때 나는 '우울거렸다'라고 쓸 수밖에는 없다. 문인수 형께 안부라도 전할라치면 찬이 형의 그 선한 눈매가 동시에 떠올라 마음 다치고는 했다. 문인수 형도 그 허황함을 겪어내느라 그랬는지 둘만의 대화는 어쩐지 한동안 서걱거렸다. 찬이 형이 남겨놓은 머플러와 장난기 짙은 앞머리 녹발 브리지만 하릴없이 더듬던 날들이 꽤 길어졌다.

내가 그렇게 찬이 형에 대한 그리움을 바래우고 있을 때 문인수 형은 차마 떠나보내지 못하는 마음을 담아 '박찬 시편'들을 엮어냈다. 절절했다. 그중『배꼽』에 실린「흰 머플러!―시인 박찬, 여기 마음을 놓다」를 읽다가 나는 울컥, 그리움을 쏟고 말았다. 거기에는 한 사내의, 한 사내를 향한 연정과 별리가 참으로 쓰라리게 스며 있었다.

아마도 찬이 형이 살아 있다면, 분명 이 발문은 그의 몫이었을 것이다. 어쩌면 또 그는 슬쩍, "야아, 니가 써라" 귀찮다는 듯 장난기 묻혀 내게 떠넘길지 모르지만. 허나, 어쩔 것인가. 이미 그이는 훌훌, 저 우주로 산화한 자유인이 되어버렸으니. 하여, 나는 글은 내가 쓰되 박찬의 시 눈을 함께 가져갈 참이다. 찬이 형의 그 천진한 명랑성을 말이다. 찬이 형과 내가 이렇게 읽어가는 게 또 문인수 형의 바람 아닐까 짐작해본다. 문인수 형이 일상에서 곧잘 보여주는 즉흥성과 신명이 이번 시집에 착실하게 스며 있는 것처럼 보여서 그리 어긋나지는 않을 것 같다.

우리에게 신명이란 무엇인가. 흥겨운 멋과 기분이다. 즐거움을 바탕 삼아 세상 살아가는 양동(陽動)의 기운이다. 삶을 긍정적으로 끌고 가는 생동의 에너지인 것이다. 하지만 근래 들어 신명은 물적 지배의 인간 소외로 인해 사그라들고 말았다.

바로 그 신명을, 문인수 형이 이번 시집에서 신바람 나는 시화(詩化)로 되살리고 있는 것처럼 비친다. 이 아니 벅찰쏜가. 찬이 형도 그 특유의 허밍 음률로 좋아라 하는 듯싶다. 게다가 이 신명에는 영험한 신내림으로 풀 수 있는 '신명(神命)'도 함께 들어 있으니 시와 신의 경계가 절로 풀어질 듯도 싶다.

그리하여 나는 이제 명랑성의 눈으로 신명나게 이번 시집을 탐색해볼 참이다. 최근 우리 시의 음울 기조로 볼 때 명랑성 시의 전개는 마치 엉뚱한 작의인 것도 같은데, 그게 또 문인수답다고 나는 생각한다. 그는 실은 이처럼 예기치 않은 반전형의 시인인 것이다.

2

시에서 명랑성을 보이면 흔히 가볍게 여기려는 경향이 있다. 명백히 이는 시를 잘못 읽은 것이다. 명랑성이야말로 힘든 작업이며 심오한 모색이다. 존재하는 것들의 흥겨움이자 삶의 쾌미인 명랑성을 드러내는 시는 그 자체로 깊은 경륜을 품는다. 시에서의 명랑성은 단순한 코미디가 아니다. 삶의 그늘을 지나온 자의 느긋하고 밝은 여유가 거기에는 실려 있다.

아구찜 대구찜 알곤찜 황태찜 해물찜 등 찜 전문 집이다.
이 '누나식당' 주인 처녀는 키가 크다. 말만 한 건각에 어울리게시리 무슨 산악회 회원인데,

산 넘고 산 넘은 그 체력 덕분인지 껑충껑충, 보기에도 씩씩하기 그지없다.

나는 지금까지 그저 서너번 이 집에서 밥 사 먹었을 뿐이니 뭐,

단골이라 할 것도 없다. 오늘 저녁답에도 이 식당을 찾았으나 말짱

헛걸음했다. 문을 닫았다. 어, 잘되는 가게였는데……? 걸어잠근

출입문 손잡이 위쪽에 뭐라 쓴 종이 한장이 붙어 있다.

"안녕하십니까. 저희 집을 찾아주시는 고객님들께 죄송한 말씀 전합니다. 2011년 12월 16일부터 25일까지 잠시 휴업합니다. 12월 17일(토) 저 시집갑니다. 더욱더 밝은 모습으로 뵙겠습니다." ─수진

그리고 방(榜) 밑에 청첩장이 한장 '참고'로 붙어 있다.

껑충껑충, 그렇게 산 넘고 산 넘는 중에 회원 가운데 한 사내, 그 신랑 쯤도 물론 잘했겠지 싶다. 우리나라의 힘센,

좋은 여자란 누구에게나 무릇 오매 같거나 큰누부 같지 않더냐.

'알림' 전문을 들여다보는 잠시 나는 참 소리 없이, 맛
있게
　배불리 웃었다. 껑충껑충, 껑충껑충 "저, 시집갑니다."

─「명랑한 거리」 전문

이런 게 명랑성이며 명랑성의 시이다. 삶의 결을 포착하
는 눈이 남다르지 않은가. 경륜 없이는 스쳐지나갔을 에피
소드가 한편의 멋진 드라마로 엮였다. 문 닫은 식당, "출입
문 손잡이 위쪽에 뭐라 쓴 종이 한장"이 참 실감나게 즐겁
고 신난다.

"2011년 12월 16일부터 25일까지 잠시 휴업합니다. 12월
17일(토) 저 시집갑니다." '누부'의 망설임 없는 이 활달함
이 시 전체를 압도한다. "껑충껑충, 보기에도 씩씩하기 그
지없"는 누부 '수진'의 이 전갈에 허탕 친 손님들도 다 함께
축복하지 않을까 싶다. "누구에게나 무릇 오매 같거나 큰누
부 같"은 그녀의 혼사 아닌가. "소리 없이, 맛있게/배불리
웃"으면서 박수를 보낼 것 같다. 비록 닫힌 문 돌아나오지만,
마음은 '껑충껑충, 껑충껑충 "저, 시집갑니다."'에 머물러
오래도록 흥겨워하면서 말이다. 그러니 그 거리, 얼마나 명
랑하겠는가. 주인공 없어도 어깨 들썩이는 저 식당과 함께.
이 명랑성은 「별똥별」에서 죽음까지도 벅차게 끌어안는

다. 시인은 이 시에서 비극성이 어떻게 명랑성이 되어가는 지 여실히 보여준다. 나는 이 시를 통해 비로소 사람과 별 의 관계를 짐작할 수 있게도 되었다.

얼마 전 TV에서 봤는데요, 평생 불면증을 안고 산 한 사 내의 꼬리가 참 길었습니다. 그는 저녁에 가고 싶은 데가 있을 때까지 천천히 차를 몰고요, 이윽고 집에 가고 싶을 때까지 천천히 차를 몹니다. 새벽에 아파트 주차장에 차 를 몰아넣을 때, 꾸벅꾸벅 졸고 있는 경비원을 보며 빙긋 이, 막 운동하러 나서는 이웃 노부부와 마주치며 반갑게

웃습니다. 그러던 어느날, 그가 그만 교통사고로 죽어요.

와— 보세요, 저 별! 똥 누러 가는 속도로, 아닌 게 아니 라 정말 똥끝이 타는 속도로 별 하나가 이제 그리 급하게 자러 간 겁니다. 그러나 곧, 그러니까 수억광년 후쯤엔 또 반드시 제자리, 제정신으로 돌아와 반짝, 반짝이겠지 요.

좀더 행복해질 때까지, 그는 다시 그렇게 자꾸 웃겠지요.
—「별똥별」 전문

"평생 불면증을 안고 산 한 사내의 꼬리"와 별똥별의 꼬리를 연계시킨 이 시의 백미는, "와— 보세요, 저 별! 똥 누러 가는 속도로, 아닌 게 아니라 정말 똥끝이 타는 속도로 별 하나가 이제 그리 급하게 자러 간 겁니다."에 있다. 교통사고로 죽은 '그'는 죽은 게 아니라 "급하게 자러 간" 것이다. 이 기막힌 전환과 승화를 보라. '그'는 불면을 벗었을 뿐만 아니라, 새로운 삶을 얻지 않았는가. '그'는 그리하여 "수억광년 후쯤엔 또 반드시 제자리, 제정신으로 돌아와 반짝, 반짝"일 것이다. 불면으로 저녁부터 새벽까지 차를 몰고 다니다가 마주치는 경비원이나 노부부에게 보내던 그 웃음으로 세상을 내려다보며 그들이 "좀더 행복해질 때까지" 자꾸자꾸 웃을 것이다. 또다른 명랑성(明朗星)의 탄생이다.

불면증 환자의 죽음과 별의 소멸이 이처럼 환하게 다가오다니. 처음에는 충격일 테지만, 곧 느끼게 될 것이다. 마음에 차오르는 어떤 희열의 충만. 나는 이 느낌이 문인수 시의 명랑성이 이끌어내는 삶의 고양이라 여긴다.

그러므로 명랑성을 외면하는 것은 삶의 주요 측면을 버리는 것이다. 시가 어두움을 헤쳐야 한다는 말들은 그런 점에서 편견이다. 너와 내가 "와, 와, 통"할 때 시와 삶은 얼마나 진진해지는가.

이 벚나무 가로수는 효목육교 바로 옆에 서 있다.

육교 계단을 중간쯤 올라가면 눈앞에 펼쳐지는 무성한 가지,

벚나무 한복판으로 들어가는 느낌이다. 계단을 내려갈 때도 그렇다.

올해도 벚꽃이 한꺼번에 활짝 피었다. 내 마음이 와, 감탄하자

벚꽃 무더기도 와, 웃었다.

말이 없었다, 말 없는 중에 홀연

벚꽃 다 졌다. 내 양쪽 어깨뼈가 앙상하게 만져지는 저 흰 구름 속, 육교 자국도 뭉게뭉게 풀리고 있다.

—「와, 와, 통하다」 전문

저 효목육교 벚나무 가로수는 사람의 성정을 바꿔놓는 것처럼 보인다. 무성한 가지를 펼쳐 지나가는 사람들을 "벚나무 한복판으로" 이끌어들인 뒤 말갛고 명랑한 동심으로 되돌리는 것이다. "내 마음이 와, 감탄하자/벚꽃 무더기도 와, 웃"는 걸 보면 말이다. 그렇지 않고서야 어찌 저토록 이심전심의 화사한 감탄을 내뱉을 수 있겠는가. 사정이 이러하므로 그들 사이에는 "말이 없었다, 말 없는 중에 홀연/벚

꽃 다 졌"지만, "내 양쪽 어깨뼈가 앙상하게 만져지는 저/
흰 구름 속," "뭉게뭉게 풀리"는 "육교 자국"처럼 '나'의 삶
도 하마 풀릴 것이다.

이런 게 바로 벚나무 가로수의 명랑성일 것이다. 참으로
흥미롭지 않은가. 사물의 이와 같은 명랑성. 게다가 그 명랑
한 사물과 통하는 시의 다감한 포용이라니.

마을은 바다가 내려다보이는 산비탈에 다닥다닥 붙어
있다. 작고 초라한 집들이 거친 파도 소리에도 와르르 쏟
아지지 않는다. 복잡하게 얽혀 꼬부라지는 골목들의 질
긴 팔심 덕분인 것 같다. 폭 일 미터도 안되게 동네 속으
로 파고드는 막장 같은 모퉁이도 많은데, 하긴 저렇듯 뭐
든 결국 앞이 트일 때까지 시퍼렇게 감고 올라가는 것이
넝쿨 아니냐. 그러니까, 굵직굵직한 동아줄의 기나긴 골
목들이 가파른 비탈을 비탈에다 꽉꽉 붙들어매고 있는
것이다. 잘 붙들어맸는지 또 자주 흔들어보곤 하는 것이
다. 오늘도 여기 헌 시멘트 담벼락에 양쪽 어깻죽지를 벅
벅 긁히는 고된 작업, 해풍의 저 근육질은 오랜 가난이 절
이고 삭힌 마음인데, 가난도 일말 제맛을 끌어안고 놓지
않는 것이다.

한 노파가 지금 당신 집 쪽문 앞에다, 골목 바닥에다

몇 포기 김장 배추를 포개놓고 다듬는 중이다. 한쪽에다 거친 겉잎을 몰아두었는데, 행여 그 시래기라도 밟을까 봐, 한 주민의 뒤태가 조심스레 허릴 굽히며, 꾸벅꾸벅 알은체하며 지나간다. 또 바람 불고, 골목들은 여전히 튼튼하다.

—「굵직굵직한 골목들」 전문

서시처럼 맨 앞에 놓인 이 시는 문인수식 다감한 포용의 한 전형일 것 같다. "굵직굵직한 동아줄의 기나긴 골목들"이 끌어안은, "바다가 내려다보이는 산비탈에 다닥다닥 붙어 있"는 저 "작고 초라한 집들"을 보라. "복잡하게 얽혀 꼬부라지는 골목들의 질긴 팔심 덕분"에 "거친 파도 소리에도 와르르 쏟아지지 않"고 안온하게 터 잡고 있다. "그러니까, 굵직굵직한 동아줄의 기나긴 골목들이 가파른 비탈을 비탈에다 꽉꽉 붙들어매고 있는 것이다. 잘 붙들어맸는지 또 자주 흔들어보곤 하는 것이다." 골목과 비탈과 집들이 서로 얽혀 얼마나 다사로운가.

나는 그가 발견한 "동아줄의 기나긴 골목"이 시집 『쉬!』의 표제작에서 찾은 "툭, 툭, 끊기는 오줌발, 그러나 길고 긴 뜨신 끈"만큼이나 의미 깊다고 생각한다. 「쉬!」의 '오줌발'이 우주적 존재자로서의 확인이라면, 저 '동아줄 골목'은 동지적 연대의 뜨거운 포용이자 공유일 것이다. 이 포용 아니더라면 어찌 "해풍의 저 근육질"을 앞에 두고 한 노파가 "골목 바닥에다 몇포기 김장 배추를 포개놓고 다듬"을 수 있을 것이며, "조심스레 허릴 굽히며, 꾸벅꾸벅 알은체하며 지나"가는 주민의 뒤태를 우리가 만날 수 있었을 것인가.

3

내가 이 글의 마지막에 이르도록 시 「봄날은 간다, 가」를 들먹이지 않자, 찬이 형 투덜거리는 소리가 들려오는 것 같다. 이렇게 명랑하고 즐겁게 사람 울리는 시도를 왜 언급하지 않느냐는 뜻이겠다. 어찌 내가 찬이 형 마음을 모르겠는가. 느른한 곡조에 감겨 넘어가는 봄날의 슬픈 명랑성을 나도 숱해 읊조리곤 하는데. 게다가 저 '제4절'은 얼마 전 어떤 모임에서 문인수 형과 함께 흥겹고도 시리게 질러대기도 하지 않았던가.

시인들이 가장 좋아한다는 노래 「봄날은 간다」에 가사 '제4절'을 덧붙이게 된 사연을 담은 「봄날은 간다, 가」는 여러모로 각별하다. 이 시에서 언급되는 여러 인물들 행간에 찬이 형과 내가 섞여드는 것 같은 착각이 드는 것이다. 찬이 형은 아마도 이렇게 말하지 않았을까. "어디 쓸 수 있음 함 긁어보시든지."

그러저러한 곡절을 담고 나온 「봄날은 간다」의 제4절. 찬이 형이 곁에 있다면 분명 형의 지정곡으로 삼았을 것이다.

내가 불쑥 말했다. 봄날은 간다 3절 다음, 노인들을 위한 봄날을, 그 '제4절'을 쓰겠다고…… 썼다. 성원에 힘입어, 썼다.

밤 깊은 시간엔 창을 열고 하염없더라.
오늘도 저 혼자 기운 달아
기러기 앞서가는 만리 꿈길에
너를 만나 기뻐 웃고
너를 잃고 슬피 울던
등 굽은 그 적막에 봄날은 간다.

등 굽은 그 적막에 봄날은 간다, 가. 그리하여 이제 4절까지, 저 끝까지 가느라 여기 눌러앉은 뒷모습들. 그러나 봄날은 결코 제 몸 앉혀둔 채 마저 간 적 없어, 느린 곡조로 저마다 또 봄날은 간다, 가. 가느라, 지금 등이 더 굽는 중……

―「봄날은 간다, 가」 부분

문인수 형의 따뜻하고 천진한 명랑성이 그대로 박혀 있

다. 사람이 시가 되고, 시가 사람이 된 경지이다. 누가 이 시에다가 문학성이니 완성도니 하는 언사를 들먹일 수 있을까. 시 이전에 이미 삶이고, 삶은 벌써 이렇게 시가 되었다. 그 품새가 이처럼 너그럽고 광활하니 어떤 음률인들 걸쳐지지 않겠는가. 삶과 시와 음률의 하모니가 그저 흘러가는 대로 자연스럽다. 시에 부산스러움도 없고 꾸밈도 없다.

그런데 그 자연스러움이 밋밋하지 않고 아주 생생하다. 나는 이 정서적 공감을 '흔연(欣然)의 경지'라 부르고 싶다. 어떤 특별한 제스처도 없이 시들이 펼쳐지는데, 그게 참 묘하게 즐겁고 그윽하다. 아마도 이는 시와 사람이 한몸의 경지에 이르러서가 아닐까 싶다. 유연한 탄력의 행보가 그야말로 유현한 것이다.

자, 글은 여기까지다. 다음 차례는 노래가 아닐까. 올봄에는 찬이 형도 불러내 문인수 형과 함께 셋이서 한몸으로 「봄날은 간다」를 질리도록 불러야겠다. 특히 그 '제4절'을.

鄭宇泳 | 시인

"명랑한 이야기는 왜 시가 잘 되지 않는가" 중얼거리며 이번 원고를 꾸린 것 같다. 열한번째 시집이다. 아, 이거 너무 많다! 그러나, 그러나 나는…… "시가 아니었으면 도대체 무엇에 기대살 수 있었을까" 싶다.

'욕심'이란 말은 밉상이지만, 그것이야말로 나에겐 늘 시 쓰기의 큰 동력이었으니 뭐 해롭진 않았다.

그동안, 그러니까 2003년인가 내게 컴퓨터가 생긴 후 지금까지, 나의 '컴맹' 사정을 해결해 '작품활동'을 가능케 해준 아들 동섭, 딸 효원에게도 이번 기회에 "고맙다, 참 수고했다"는 말 전한다.

2015년 봄
문인수

창비시선 385

나는 지금 이곳이 아니다

초판 1쇄 발행／2015년 3월 30일

지은이／문인수
펴낸이／강일우
책임편집／박준
펴낸곳／(주)창비
등록／1986년 8월 5일 제85호
주소／413-120 경기도 파주시 회동길 184
전화／031-955-3333
팩시밀리／영업 031-955-3399 편집 031-955-3400
홈페이지／www.changbi.com
전자우편／lit@changbi.com

ⓒ 문인수 2015
ISBN 978-89-364-2385-8 03810